GUSTAVE CORNISSET

FABLES

L'apologue est un don qui vient des immortels,
Ou si c'est un présent des hommes,
Quiconque l'inventa mérite des autels...
LA FONTAINE.

PARIS
LIBRAIRIE NOUVELLE
BOULEVARD DES ITALIENS, 15

1860

FABLES

Paris. — Imp. de la Librairie Nouvelle, A. Bourdilliat, 15, rue Breda.

FABLES

PAR

GUSTAVE CORNISSET

> L'apologue est un don qui vient des immortels,
> Ou si c'est un présent des hommes,
> Quiconque l'inventa mérite des autels...
>
> LA FONTAINE.

PARIS
LIBRAIRIE NOUVELLE
BOULEVARD DES ITALIENS, 15

1860

FABLE I

Maître Claude et son Ane

Maître Claude traîné par un jeune baudet,
Léger, pimpant et guilleret,
Allait à la ville voisine
Souper chez la belle Rosine ;
C'était un jour d'été, l'animal fatigué
De la chaleur et du voyage,
Sur son chemin rencontre un gué
Tout embaumé de fleurs, tout couvert de feuillage ;
Voilà notre animal content ;
Et d'abord il se désaltère
Puis du pied il frappe la terre,
Dans le courant limpide il entre plus avant,

Puis le voilà couché dans l'eau jusqu'à l'oreille ;
Notre baudet est à merveille
Et ne veut pas sortir du bain,
Tant le courant est frais et rude le chemin :
« Maître baudet, la place est bonne,
Elle vous plaît, je le comprends;
Mais Rosine m'attend, vous savez, la fripoune
Est fille à me bouder si je n'arrive à temps. »
Puis en disant ces mots Claude frappe sa bête.
Et tantôt sur l'échine et tantôt sur la tête :
« Maître baudet, vous sortirez,
Maître baudet, vous marcherez,
Ou sur l'heure, je vous assomme;
Je vous le dis, foi d'honnête homme. »
Mais l'animal ne bouge pas,
Lorsqu'un moine en pèlerinage
Apparaît sur l'autre rivage :
« Pensez-vous par les coups vous tirer d'embarras ?
Ni le bâton, ni la menace
Ne vous feront changer de place;
Dieu veut qu'aux animaux nous parlions poliment ;
Retirez-vous, laissez-moi faire,
Et vous verrez qu'en un instant
Vous serez hors de la rivière. »

D'abord il dit son chapelet,
Puis il s'approche du baudet,
Il l'encourage, il le caresse :
« Votre maître est un sot, c'est lui qui le confesse,
La douceur j'en suis sûr, seigneur Aliboron,
Vous fera détaler bien mieux que le bâton. »
Encore cent choses pareilles
Qui sur l'âne rétif devaient faire merveilles.
Parbleu ! seigneur Aliboron,
Se moqua bien de l'oraison
Qui dura presqu'une heure entière,
Et pour toute réponse il bâille au nez du frère.
« Bonhomme, j'y perds mon latin,
Votre âne est plus têtu que le diable lui-même ! »
Il dit, prononce un anathème
Et se remet en son chemin.
Quand passe en ce moment tout près de la rivière
Le fils d'un meunier qui s'en rit,
Prend la place du frère, et dit :
« Moine, lisez votre bréviaire,
Vous me semblez en cette affaire
Plus ignorant que vingt baudets !... »
Et beaucoup d'autres quolibets.
Puis il cueille au bord du rivage

D'un frêne le tendre feuillage,
Des herbes, des épis, des bluets, des chardons,
Le dessert des Aliborons.
Il en forme un bouquet, le met au nez du sire,
L'âne veut le manger, le meunier le retire ;
Tout alléché, l'autre le suit
Et s'élance d'un bond sur la rive voisine.
Voilà nos gens à terre, et Claude avant la nuit,
Grâce à ce stratagème, arriva chez Rosine.

Briguez-vous quelque haut emploi,
Qu'on doit à la faveur du roi?
Connaissez-vous de par la ville
Une femme cruelle et d'humeur difficile ?
Et le poste et la femme on peut tout conquérir.
Sans doute le moyen en est simple et facile :
Le tout est de le découvrir.

FABLE II

Le Lapin et la Tortue

Un jour, les animaux mécontents de leur roi,
Je ne sais plus pourquoi,
Vinrent lui déclarer la guerre :
On s'assemble, on s'émeut de par toute la terre ;
Les chevreuils et les daims, gens de peu de valeur,
Porteront les échelles,
Les taupes, les blaireaux, l'attirail d'un mineur ;
Puis les oisons devront garder les citadelles;
Les bœufs traîneront les fardeaux,
Et les petits oiseaux
Porteront sous leurs ailes
Tous les jours des nouvelles,

Tandis que les renards, les loups et les panthères,
Les tigres sanguinaires,
Chargés d'un haut emploi
Devront livrer bataille à tous les gens du roi.
Une tortue et son voisin,
Jeannot lapin,
Vivaient en ce temps-là tranquilles d'ordinaire,
Quand la commère
Accourt au logis de Jeannot.
« Holà ! lui dit-elle aussitôt,
Entends la trompe de Bellone!
Un corbeau que je viens de voir
M'a dit qu'à ses sujets, sa majesté lionne
Livre combat ce soir ;
Arme-toi, je suis prête,
Que rien ne nous arrête.
— Vous voilà bien brave aujourd'hui,
Répond l'autre, ma mie,
Dites-moi, je vous prie,
Que nous a fait ce roi pour marcher contre lui?
Avons-nous à vider quelque vieille rancune?
Confisque-t-il nos biens? lève-t-il un impôt?
Laissons la querelle commune,
Nous nous repentirions bientôt.

Et comptez-vous pour rien les dangers de la guerre,
Un voyage lointain !
Vous qui ne pouvez faire
Trente deux de vos pas sans rester en chemin?
— Vous voilà bien, dit-elle,
Gens de peu de cervelle !
Ne faut-il au combat que force et que valeur?
N'est-ce rien que la prévoyance,
La vieille expérience
Et la sage lenteur?
Tu cours en étourdi, tu vas, tu viens plus vite,
Voyez le beau mérite !
Si je vais lentement,
Je vais plus sûrement... »
Et cent choses encore.
Il fallut bien céder, on la porte au combat,
Tantôt l'un, tantôt l'autre, et la pauvre pécore
Se fait traîner comme un prélat.
Veut-elle proposer le plan d'une bataille?
On la siffle, on la raille
Et de tous ses discours
On se moque toujours.
Quand l'ennemi paraît au détour de la route,
Voilà nos gens surpris, et soudain la déroute

Vient se mettre au milieu.
Jeannot lapin s'arrête au premier coup de feu,
Il s'avance, on le tue :
Que fait notre tortue ?
Aussitôt qu'elle entend du bruit,
Elle rentre au dedans ses pattes et sa tête,
Fait la morte jusqu'à la nuit ;
Plus rapides que la tempête,
Vingt escadrons vainqueurs vinrent passer dessus.
Tranquille dans sa carapace,
Et n'entendant plus rien, elle change de place
Et gagne son logis qu'elle ne quitta plus.

Faut-il voler une province,
Attaquer une place ou détrôner le prince,
On en voit bien souvent
Qui font les empressés, vous poussent en avant,
Beaux parleurs avant la bataille,
Mais au premier coup de canon,
Ils sont derrière une muraille
Ou renfermés dans leur maison.

FABLE III

Araminte

Araminte était à cet âge
Où la beauté s'enfuit, où le temps chaque jour
Fane les roses du visage
Émousse les traits de l'Amour :
« Que penses-tu de moi? » dit-elle,
Un jour de bal, à son miroir
Qu'elle allait consulter comme un ami fidèle
Chaque matin et chaque soir :
« O toi que je connais sincère
Et vrai comme la vérité,
Dis-moi si je puis encore plaire,
Si je n'ai pas perdu la grâce et la beauté,

S'il est vrai, comme dit Clitandre,
Que ma taille est divine et qu'elle est faite au tour,
Que mon pied est mignon et que je puis prétendre
Attirer sur mes pas et les ris et l'amour ? »
L'autre lui répondit : « Ma chère,
Tout passe, tout vieillit et tout devient poussière,
Contre la loi commune on ne peut pas s'armer,
Vous avez passé l'âge et la saison d'aimer.
Voyez sous un buisson la fraise encor nouvelle
Quand le printemps la fait rougir,
Mille insectes joyeux voltigent autour d'elle,
Mille doigts enfantins s'ouvrent pour la cueillir ,
Mais le temps passe et la pauvrette
Voit s'enfuir avec les autans
Et l'oiseau léger qui la guette
Les papillons et les enfants.
Puis on la fuit, on la délaisse,
On foule ses pâles débris,
Ainsi de vous, ni l'or ni le feu des rubis
Ne vous rendront jamais la brillante jeunesse :
L'amour est un ingrat qui ne sait pas mentir,
Lorsque l'automne arrive, il fuit à tire-d'aile
Plus rapide qu'une hirondelle
Et rien ne peut le retenir ;

Ces nombreux fils d'argent que je vois avec peine,
De vos cheveux blanchir l'ébène,
Ces rides que le temps grave sur votre front,
La pâleur de votre visage,
Tout, hélas ! vous dit : Soyez sage,
Renoncez à Clitandre ou craignez un affront;
Quittez donc votre amant avant qu'il ne vous quitte. »
Mais la belle aussitôt s'irrite,
Elle jette au miroir un regard furieux,
Elle boude, des pleurs allaient mouiller ses yeux,
Quand d'aventure entre Clitandre;
Près d'Araminte il vient s'asseoir :
« Ces pleurs, qui vous les fait répandre?
Qui peut vous affliger? » De l'insolent miroir
Elle répète les paroles,
Puis Clitandre la plaint et levant les épaules :
« Pouvez-vous croire ce manant,
Ce lourdaud, cet impertinent,
Le sot! êtes-vous bonne encore
D'écouter un rustre pareil,
Lorsque chacun vous sait plus fraîche que l'aurore
Et plus belle que le soleil. »
Saisissant aussiôt la glace,
Il la brise sur le carreau,

Pour apaiser la belle, il la flatte il l'embrasse ;
Mais par un miracle nouveau,
Par un jeu de l'amour peut-être,
Sous sa lèvre il voit disparaître
Avec la poudre, avec le fard,
Et les roses de la jeunesse,
Et les beaux lis que sa maîtresse
Chaque jour sur son front semait avec tant d'art.
Cet objet lui déplaît, il s'enfuit, et la belle
Vécut désormais sans amant.

Vérité, dame fort cruelle,
Nous parle sans détours et sans déguisement ;
En vain nous l'appelons et radoteuse et folle,
Tôt ou tard arrive l'instant
Où nous sommes forcés de croire à sa parole.

FABLE IV

La Corneille et la Pie

Certaine corneille et sa mère,
Vivaient dans le trou d'un vieux mur
Entouré par un bois obscur :
Dans cet asile solitaire,
Ne faisant guère plus de bruit
Qu'un moine dans son monastère,
Elles ne sortaient que la nuit,

Lorsque tout se repose et dort dans la nature ;
Ni lièvre, ni loup, ni renard
N'avaient jamais vu leur figure.
Une pie, un beau soir, rencontra par hasard
Nos gens sous le même feuillage :
« Cousine, dit Margot, je ne suis pas d'avis
Que ta fille prudente et sage
Soit toujours captive au logis.
Pourquoi ne peut-elle à cet âge
Parcourir les bois à son gré,
Aller aux champs, voler au pré,
Et tantôt à la ville, et tantôt au village?
Quiconque n'a rien vu, ne peut parler de rien,
Et ta fille, tu le sais bien,
Possède peu de chose en sa pauvre cervelle
A son époux que dira-t-elle
Quand la pluie au logis le tiendra tout un jour?
Le badinage de l'amour,
Le jeu, les plaisirs de la chasse,
Aux ennuis feront bientôt place ;
Puis il s'en ira de dépit,
Loin d'elle il passera ses veilles,
Surtout s'il est homme d'esprit.
A ses voisines les corneilles,

Tu le verras faire la cour.
Partant ne perdons pas un jour,
Un seul, si tu m'en crois ; permets que je l'emmène,
Ne pleure pas et sois certaine
Que ta fille aura tous mes soins.
Nous serons de retour aux foins. »
La nuit s'en va, le jour se lève
Sur les coteaux et sur les bois,
Margot part avec son élève.
Elles rencontrent en chemin
Deux soldats, une vivandière,
Qui, dans une chanson légère
Célébraient la gaîté, les amours et le vin.
Ce trio-là déplaît à madame la Pie,
Et la voilà déjà partie,
Elle lance des quolibets,
Vous dirai-je, tous les caquets,
Les gros mots échangés dans cette matinée !
C'était déjà bien débuter.
On arrive au village au bout de la journée,
Et Margot sans se débotter,
Par ses discours, ses commérages,
Jette aussitôt le trouble en plus de vingt ménages,
S'en va divulguer maints secrets,

Fait battre des maris, fait chasser des valets,
Dit ce que l'on a fait et ce que l'on doit faire
Chez le curé, chez le notaire,
Cache l'argent du sacristain
Au haut du clocher de l'église,
Trouve un corbeau qui la courtise
Depuis le soir jusqu'au matin,
Et dit à la jeune corneille
Des mots qui blessent son oreille
Et que je ne puis répéter.
Hélas! la pauvre enfant finit par l'écouter,
Adieu réserve et pruderie,
Devoirs, et sagesse, et raison !
Elle devint bavarde aussi bien que la pie,
Et quand elle revint au bout de la saison
Elle était coquette, railleuse,
Impertinente, raisonneuse,
Elle jurait à tout propos,
Sifflait l'un, sifflait l'autre, enfin tous ses gros mots,
Son caquetage et ses manières
Lui valurent, dit-on, force coups d'étrivières.

Prenons garde aux leçons d'autrui.
Lorsque notre nature a pris un mauvais pli,

La redresser n'est pas facile:
Il est nombre de gens à la cour, à la ville,
Qui se posent en précepteurs,
Dont le monde croit la parole
Presqu'autant qu'un oracle, ignorants, sots, parleurs,
Qu'on devrait sans pitié renvoyer à l'école!

FABLE V

Les deux Livres

Virgile et les fades écrits
D'un poëte ignorant, frivole et téméraire,
Étaient autrefois réunis
Dans la boutique d'un libraire ;
L'un flétri, par les doigts des écoliers crasseux
Et plus barbouillé qu'un grimoire,
Délaissé dans un coin poudreux
Ne quittait jamais son armoire,
Mais, l'autre aux regards des passants
Déployant chaque jour sa riche reliure,
Était ouvert à tous venants.
Qui le faisait aimer ? — C'était sa couverture.

On répétait jadis assez ouvertement :
Maître Pierre est un sot, maître Pierre est un âne.
Il endosse un jour la soutane,
Et le monde le croit savant.

FABLE VI

La Mouche et la Plume

Certaine mouche audacieuse,
Vint se reposer une nuit
Sur la plume d'un bel esprit :
« Va-t'en, lui dit la dédaigneuse,
Le coq vigilant de ses cris,
Ne nous annonce pas l'aurore,
Tous nos gens sommeillent encore.
Que viens-tu m'éveiller? Crois-tu donc ce logis
Ouvert à tous venants ainsi qu'une chaumière?
Ah ! le ciel autrefois dans sa juste colère
Te fit pour le malheur des bêtes et des gens,
Hommes d'épée, abbés, femmes et courtisans,
Chacun te craint, chacun t'évite ;
On tient sur tes pareils tant de mauvais discours

Que ta race est partout proscrite;
Pour moi, je sais comment tu passes tous tes jours;
Tu répands en tous lieux une fausse nouvelle,
Tu salis les tableaux, les meubles, la vaisselle,
Tu dévores les plus doux fruits
Que le soleil d'été mûrit pour notre table,
Ici chacun te donne au diable!
Hier encor, mon maître à la belle Philis
En vers bien langoureux, composait une épître;
D'abord, tu frappas a grand bruit
De ta tête contre la vitre,
Par ta sotte chanson, tu troublas de la nuit
L'heure silencieuse aux poëtes si chère ;
Puis, tu courus imprudemment
Brûler ton aile à la lumière ;
Tu te posas effrontément
Et tantôt sur sa main, et tantôt sur sa face,
Vingt fois il se leva pour punir ton audace,
Vingt fois il frappa l'air de ses bras furieux,
Vingt fois il quitta son ouvrage,
Moi-même, il pensa dans sa rage
M'écraser sous ses doigts fiévreux,
Enfin, lassé de cette guerre,
Mon maître éteignit sa lumière,

Quitta la place de dépit,
Ne put pas même écrire une page rimée,
Toute sa verve, hélas! est partie en fumée. »
Notre mouche l'interrompit :
« Je me vengerai, lui dit-elle,
De tes sottises quelque jour. »
Alors cherchant en sa cervelle
A lui jouer un méchant tour,
Elle va plonger sa patte
Dans l'encrier du bel esprit,
Puis elle revient à la hâte
Se promener sur ses rondeaux,
Sur ses sonnets, ses madrigaux,
Fait en une heure cent voyages
De l'écritoire au manuscrit,
Qu'elle souille et qu'elle noircit ;
Se glisse entre toutes les pages
Vous trace des sillons, ainsi qu'un laboureur
Et des ronds comme un arpenteur,
Efface, barbouille et rature,
Tantôt un madrigal et tantôt un sonnet.
Quand un valet témoin du fait
(Il l'avait vu par la serrure),
S'empresse d'éveiller le maître du logis

Et de lui conter la nouvelle ;
Notre homme sonne, jure, appelle ;
Ses gens accourent à ses cris,
Il se lamente, il se dépite,
Et puis il dit : « Plume maudite !
Me voilà bien puni de tous tes sots discours.
Dis-moi, de ton orgeuil me plaindrai-je toujours ? »
Il ajouta :

« Maître Grégoire,
Depuis plus de vingt ans, si j'ai bonne mémoire,
Est cocher dans une maison ;
Et plus maître cent fois que le maître lui-même,
Il dit nos chiens, nos gens, nos chevaux, ma moisson,
Avec une importance extrême.
Conduit-il par hasard son maître le marquis
A la cour en grand équipage,
Il trône, il se pavane, il se croit de Paris
Le plus illustre personnage :
Arrière canaille ! manant !
Faites place à Grégoire ! Il faut qu'on se dérange ;
Il jure, il tonne, il frappe, on murmure... et souvent,
Des coups du valet insolent
C'est sur le maître qu'on se venge.

FABLE VII

La Vieille et le Portrait

Deux peintres fameux autrefois
Firent le portrait d'une vieille :
Ce n'était pas un beau minois
Au sourire enchanteur, à la lèvre vermeille ;
C'était un laideron fieffé,
D'un bonnet blanc toujours coiffé,
Le nez barbu, l'œil en colère ;
Vingt fois il fallut la refaire,
Car sa tête branlait comme une feuille au vent.
Le nez était trop gros, le front était trop grand,
On lui faisait la taille ou trop haute ou trop basse,
Ce n'était pas son teint, ce n'étaient pas ses yeux,

Sa bouche faisait la grimace,
Que sais-je ! elle avait l'air trop vieux,
On avait tronqué son oreille,
Ses pieds et ses mains, enfin tout.
Les deux peintres poussés à bout
Allaient se retirer et laisser notre vieille,
Quand l'un d'eux vint lui présenter
Un portrait tout récent... Elle de s'irriter :
« Messieurs, quelle plaisanterie !
Quoi ! moi, ressembler à cela !
C'est sans doute une comédie
Que vous venez nous jouer là?
Peste ! la vilaine figure !
Elle serait, je vous l'assure,
Au haut d'un cerisier bien mieux qu'en un boudoir,
Pour chasser les moineaux de tout le voisinage ! »
O ruse ! c'était son image
Qu'elle voyait dans un miroir.

Nous nous croyons toujours bien mieux que nous ne sommes;
L'Illusion nous met un bandeau sur les yeux ;
S'il tombe par hasard, le réveil est affreux ;
C'est l'histoire de tous les hommes.

FABLE VIII

La Chenille et le Papillon

Une chenille au bout d'un fil
Pendait au bord d'une fontaine ;
La pauvrette était en péril,
Du vent la plus légère haleine
Pouvait rompre le fil et jeter le fardeau
Dans l'eau.
Un papillon passa près d'elle :
« Frère, dit la fileuse à l'animal léger,
Accours, vois mon pressant danger,
Au bord du champ voisin porte-moi sur ton aile.
Je ne pèse pas plus qu'un petit brin de jonc :
D'ici vers la rive prochaine

Pour toi, vif et léger, le trajet n'est pas long,
Tu pourras me sauver sans peine ;
Au nom de la sainte amitié
Emporte-moi, je t'en conjure,
Beau favori de la nature,
Jette sur ma détresse un regard de pitié !
Je ne suis qu'une pauvre fille,
Je rampe et je travaille encor ;
Tu le sais, toute ma famille
Ne pourrait pas payer mes jours au poids de l'or,
Mais je te filerai pour ta fête prochaine
Une tunique en velours noir,
Ainsi, tu t'en iras le soir
Courtiser en cachette amaranthe et verveine.
Tu ne craindras pas du matin
Les vapeurs, la fraîche rosée,
Et les noirs fils de l'araignée
Qui souillent tes bras d'or et ton corps de satin,
La sylphide sera jalouse
Du fin tissu de tes habits ;
Zéphyr cachera son épouse
En te voyant passer, si frais et si bien mis,
Et l'insecte frileux, et la rose éphémère
Mourront au souffle des frimas,

Et toi, dans la nature entière
Parmi les mourants, tu vivras! »
Il allait la sauver, quand des fleurs la plus belle
Lève sa tête; au même instant
Il la voit, s'élance et de l'aile
Il frappe la fileuse et l'écrase en passant.

Ne demandons jamais à des têtes légères
De nous rendre un service en un besoin pressant,
Le plaisir leur fait vite oublier les prières,
Autant en emporte le vent!

FABLE IX

Les présents d'Iris.

Après une tempête, Iris
Laissa tomber de sa ceinture
Quelques fleurs et quelques rubis;
Chacun des animaux s'en fit une parure :
Les mésanges, les rossignols,
Les colombes, les alouettes,
Dames soigneuses et coquettes
Les suspendirent à leurs cols;
A leurs jougs les bœufs les lièrent;
Au fond de leurs greniers les rats les emportèrent;
Compère le renard les mit à son chapeau.
« Pauvres sots et pauvres cervelles

Laissez toutes ces bagatelles! »
Se mit à crier un pourceau
Qui se promenait dans la fange.
« Ah! plus sot mille fois, lui dit une mesange,
Qui pourrait dédaigner de semblables présents! »

Réciter devant des manants
Les chefs-d'œuvre chéris des filles de mémoire,
Servir à des goujats grives et cailleteaux,
Verser du vin d'Espagne à qui ne sait pas boire,
Croyez-moi, c'est jeter des perles aux pourceaux!

FABLE X

Le Renard déguisé

Un jour maître Renard détourné par Briffaut
Entra dans un manoir. Cette ruse inouïe
    Mit toute la meute en défaut,
Fit jurer les piqueurs et lui sauva la vie.
    Courant de la cave au grenier,
    Montant, descendant l'escalier,
Cherchant à se blottir dans une cheminée,
Sous un lit, sous un meuble, après une tournée
    Il se glissa dans le boudoir.
La dame était absente, il resta jusqu'au soir,
    Pensant s'échapper dès l'aurore.
    Il y passa toute la nuit,
    Mais entendant un peu de bruit

Dès le lever du jour, il attendit encore :
La faim le pressa tellement
Qu'il fallut cependant en sortir au plus vite.
Hélas! de courtisans une foule maudite
Parlait dans l'antichambre, épiant le moment
Où la dame éveillée allait leur apparaître.
Comment sortir de là? C'était un vieux routier,
Et même il était passé maître
Dans tous les tours de son métier.
Il endosse aussitôt la robe de madame,
Met ses souliers mignons et prend son éventail ;
Si bien que vous l'eussiez cru femme
Jusque dans le moindre détail.
Il prend les airs d'une coquette,
Se cache sous un voile, ajuste une cornette,
Se dresse sur ses pieds, dérobe sous un gant
La peau de sa patte velue,
Et sort ainsi. Plus d'un galant
Vient lui baiser la main et fête sa venue
Par des saluts, des compliments
Sur sa belle tournure et sa mise élégante,
Sur son pied, sur sa main ; quand l'un des courtisans
Sentant déjà l'odeur de la bête puante,
Se retire en un coin et se bouche le nez,

Alors, tous nos gens étonnés,
De blâmer son impertinence;
Les uns vous le traitent de sot,
Les autres de manant; notre homme sans défense
Ne peut pas répliquer un mot,
Et pour plaire à la dame, on le raille, on le chasse;
Pendant ce temps, usant d'audace,
Notre renard s'enfuit; au bout de trente pas
Il fait une culbute et pour être plus leste
Il jette au vent souliers, cotillons, falbalas,
Éventail, rubans et le reste;
On découple la meute, on traque les taillis,
On vient, on crie, on jure, on court... on eut beau faire,
On ne put prendre le compère.

Le jugement d'un seul en vaut bien souvent dix.

FABLE XI

Maitre Pierre

Maître Pierre courtisait Jeanne.
Quand il n'était qu'un laboureur
Et qu'il allait aux champs sur le dos de son âne,
De la main de la belle il cueillait une fleur ;
En passant près de sa croisée,
Ils échangeaient un doux regard,
Puis un baiser, puis deux, et toute la journée
Leurs cœurs étaient joyeux. Arriva par hasard
La fortune chez maître Pierre ;
Alors voilà notre homme en carrosse porté
Comme un Romain dans sa litière,
La richesse, la dignité,

Et les laquais et l'étalage,
Tout lui vient à la fois ; mais Pierre n'aime plus :
Tant la puissance et les écus
Changent le cœur d'un personnage.

FABLE XII

Le Moineau d'Annette

Annette, la gentille Annette,
Adorait un moineau qu'elle avait élevé
Dans la saison des nids, avec une brochette.
Un mois n'était pas achevé
Que déjà le moineau voltigeait autour d'elle,
Sifflait, faisait le mort, d'un baiser sur son aile
Savait imiter le doux bruit,
Et mille merveilles encore.
Sitôt que les feux de l'aurore
Chassaient les ombres de la nuit,
Annette courait à la cage,
Portant à son moineau le mil et le feuillage.

Celui-ci lui dit un matin :
« Maîtresse, ouvre-moi ta fenêtre ;
Avec la douce odeur du thym,
Le pur rayon du ciel m'inonde et me pénètre.
Près de cette eau qui coule autour des prés fleuris,
Écoute un frère qui m'appelle ;
J'y puis voler d'un seul coup d'aile.
Le temps de l'embrasser et je rentre au logis. »
Aussitôt elle ouvre la cage
Au prisonnier qui va gaîment
Voltiger auprès du rivage,
Sur le toit du voisin et part en un instant
Au fond de la forêt : « Rentrez en ma demeure,
Dit-elle, voici bien une heure
Que vous êtes en liberté ! »
Alors le petit entêté
Va se cacher sous la feuillée,
Fait le sourd et boit la rosée
Qui tremble dans le fond du calice des fleurs ;
Elle gémit, mais de ses pleurs
L'ingrat se rit ; une belette
Le voit, le croque à belles dents ;
Et de son nourrisson, Annette
Ne trouva que la tête au bout de quelque temps.

Dirai-je les hélas dont sa mort fut suivie ?

Beaux damoiseaux, beaux troubadours,
Combien de fois, las des amours
Ainsi que de la douce vie
Que vous couliez en paix, auprès de votre amie,
Au milieu des périls avez-vous regretté
L'heure où vous soupiriez après la liberté ?

FABLE XIII

Jupiter et la Brebis

Une brebis suait sous sa chaude fourrure,
L'herbe était rare aux champs ainsi que l'onde pure,
    Car on était dans la saison
Où le vent du Midi dessèche les fontaines.
« O Jupiter, dit-elle, ôte-moi ma toison
Ou rends-nous les zéphyrs et les tièdes haleines! »
    Jupiter exauce les vœux
    De la bêlante créature ;
    Puis, il lui dépêche Mercure,
Qui tresse avec sa laine un tapis pour les dieux.
Ainsi la voilà nue, elle se plaint encore
    Des piqûres des moucherons,

Du brouillard, du frais de l'aurore,
Des épines et des chardons.
Alors une toison nouvelle
Lui pousse sur le dos par ordre de Jupin ;
Notre brebis un beau matin
N'en veut plus, mais le dieu de s'irriter contre elle
Et d'élever sa grande voix :
« Quand cesseras-tu, sotte bête !
De t'adresser au ciel? C'était trop d'une fois.
Crois-tu donc que les dieux n'ont que brebis en tête,
Et suis-je ton valet? » Il dit, tout furieux,
Il la frappe de son tonnerre,
Et pendant quatre jours sa chair nourrit les dieux.

Je connais bien des gens qui pour la moindre affaire
Fatiguent le ciel de leurs vœux :
Ont-ils chaud, ont-ils froid, procès, peine légère,
Sont-ils malheureux en amours,
Jupin a beau les satisfaire,
Croyez qu'ils se plaindront toujours.

FABLE XIV

La Girouette

Un homme fit bâtir auprès de sa demeure
Un petit pavillon, pour sommeiller à l'heure
Où le soleil d'été brûle de ses rayons
    Les charmilles et les buissons.
    Il voulut une girouette
    Au sommet de sa maisonnette.
    D'abord, il discuta longtemps
    Sur la pluie et sur le beau temps,
    Sur les nuages, sur Borée,
Puis, il se demanda de quel côté du toit
On devait la placer. Au bout de la journée,
Chacun disait son mot, son avis, son endroit.

Le maître cependant la place à sa manière,
Et dès le soir notre instrument
Tournait aux caprices du vent,
A sa droite, à sa gauche, en avant, en arrière.
Mais voilà que le lendemain,
Son jardinier, messire Blaise,
Dit qu'il veut la voir à son aise
De sa maison, de son jardin,
Sans quitter son labeur, surtout lorsque Pomone
Vient ramener les jours d'automne,
Les bourrasques, les aquilons,
Et sème en une nuit au milieu des gazons,
Les frimas, la neige et la glace.
On cède à son désir, on la change de place,
On la recule au bout du toit.
Aussitôt maître Jean accourt tout en colère :
« Holà ! doucement, de quel droit
Blaise est-il juge en cette affaire?
Comment, à des gens comme moi,
Ce planteur de choux-là viendra faire la loi !
Je suis cocher, ne vous déplaise.
Ai-je le temps, messire Blaise,
De faire dans une saison,
Vingt fois le tour de la maison

Pour voir d'où vient le vent? C'est près de l'écurie
Que je prétends la voir ; oui, monsieur le parleur,
Comment saurions-nous, je vous prie,
S'il faut mettre au timon les chevaux de monsieur,
Partir à la campagne, amener à la grange
Et les blés et les foins, et rentrer la vendange? »
Le cocher gagne son procès ;
On se rend à ses vœux, et quelques jours après,
On écoute l'avis de la vieille Töinette,
Et, jusqu'au petit marmiton,
Tous les valets de la maison
Font déplacer la girouette,
L'un la voulait au sud, l'autre à l'est, l'autre au nord,
Enfin pour les mettre d'accord :
« Eh quoi ! me prenez-vous pour une girouette?
Dit le maître obsédé. Que chacun se soumette
A ma volonté, mon avis
Est de la rétablir à sa première place,
Et maintenant, je vous le dis,
De tous vos beaux conseils, messieurs, je vous rends grâce ! »
Et les ouvriers d'obéir ;
Mais en posant la girouette,
On dépensa l'argent qu'il fallait pour bâtir
La moitié de la maisonnette.

Armez les citoyens et renversez les rois,
    Changez les hommes et les lois,
Bientôt sous d'autres noms vous voyez reparaître
Tout ce qu'un coup de main abattit dans un jour ;
Et le temps rétablit chaque chose à son tour,
    Même les hommes et le maître
Que vous avez chassés. Mais tous ces changements,
Soyez-en bien certains, se font à vos dépens.

FABLE XV

L'Ane et la Grive

Un rossignol à peine arrivé d'Italie
Voulut chanter ses airs nouveaux
A tout le peuple des oiseaux.
La place du concert par un merle choisie,
Était près d'un buisson fleuri
Et de feuillage épais garni,
En cas de surprise et de grêle.
Une grive, un linot, amis de Philomèle,
Devaient y faire entendre un charmant opéra.
La grive, un matin rencontra
Maître Aliboron sur sa route :
« Vous venez au concert, nous convier sans doute;

3.

— Non, dit l'autre avec embarras,
Je suis musicien ! — Vous ? — Moi — Vous !... — Ma commère,
Est-ce que je ne chante pas ? »
Cria le baudet en colère.

Tel n'a fait qu'un méchant sonnet,
Qui prend le titre de poëte ;
Tel met les gens en fuite au bruit de sa trompette,
Qui se dit en tout lieu musicien parfait.

FABLE XVI

Le Cordonnier médecin

(Imitée de Phèdre)

Jadis, un mauvais cordonnier
Ne gagnant rien dans son métier
S'avisa de quitter sa ville,
Et se fit médecin; notre homme était habile,
Beau parleur, vantard à l'excès :
Il prone tout d'abord un fameux antidote,
Dont Minerve une nuit lui donna les secrets;
On le croit aussitôt plus savant qu'Aristote.
Qui pourrait affirmer pourquoi,
De Rome il sut gagner toute la confiance,
Et pourquoi son succès passa son espérance?
On le vanta devant le roi,

Retenu dès longtemps par une maladie :
« Qu'on me l'amène ! dès ce soir
Je veux éprouver son savoir, »
Dit le maître. Aussitôt on le cherche, on le prie
De ne pas perdre un seul instant.
Il arrive déjà content
De soigner un grand personnage.
Le roi devant ses courtisans
Lui présente un certain breuvage :
« Bois, lui dit-il en même temps,
La coupe que tu vois est pleine de ciguë ;
Qu'importe ! quand tu l'auras bue,
Tu reviendras à la santé
Grâce à l'effet de ta science. »
Mais notre homme, à ces mots, recule épouvanté,
Confesse au roi son ignorance
Ainsi que son premier état,
Vous peindrai-je son embarras?
On le chasse de Rome, et le maître s'écrie :
« O romains, n'est-ce point pitié
De penser que ce peuple a confié sa vie,
A qui nul d'entre vous ne confierait son pié ? »

FABLE XVII

Les Boucs et les Chèvres

(Imitée de Phèdre)

Quand Jupiter créa chevreuils et daims rapides,
Il donna de la barbe aux chevrettes timides
Tout aussi bien qu'à leurs époux;
Mais les boucs en furent jaloux.
Aussitôt chacun d'eux réclame,
Et s'en va supplier Jupin
D'ôter promptement à sa dame
Cet insigne trop masculin,
Qui devait être l'apanage
De la puissance seulement.
« Qu'importe! dit le dieu, ce futile ornement
Leur donne-t-il plus de courage? »

FABLE XVIII

L'Agneau et la Brebis

(Imitée de Phèdre)

Licidas gardait ses moutons
Près de la gentille Lisette
Qu'il charmait avec ses chansons
Et le doux son de sa musette.
Une brebis et son agneau
S'en allèrent loin du troupeau,
Brouter l'herbe fraîche et fleurie.
On rentra dans la bergerie,
Une heure après nos gens revinrent au logis,
La nuit était sombre et profonde,
L'éclair brillait au ciel, les verrous étaient mis,
Messire loup faisait sa ronde ;

Que faire en ce pressant danger ?
Comment éveiller le berger ?
Pendant que la brebis frappe, appelle et tempête,
L'agneau sans perdre un seul instant,
Recule un peu, puis s'élançant,
Brise la porte avec sa tête ;
Et fier de cet exploit il s'en vient le conter
A ses amis du voisinage,
Quand un bélier lui dit : « Cesse de te vanter,
Petit sot, ce sera plus sage.
Voilà qui n'est pas bien nouveau ;
Toutes les bêtes du troupeau
L'ont fait, quand te tétais encore ! »

Beau petit marmot qu'on adore
Et qu'on admire à tout instant,
Tu te croyais bien plus savant
Que le bailli de ton village ;
Tu n'es qu'un petit ignorant ;
Mais dans ton siècle tout enfant
Veut se croire un grand personnage.

FABLE XIX

Le Chien fidèle

(Imitée de Phèdre)

Un voleur pénétra de nuit
Dans la boutique d'un libraire,
Un chien jappa ; craignant le bruit,
Notre voleur, pour le distraire,
Lui jette un morceau de son pain :
« Oh! oh! dit l'animal fidèle,
Foin de l'amour qui naît du jour au lendemain !
Ce jeu-là m'avertit que tu n'es qu'un coquin,
Et je veux redoubler de zèle. »

J'ai rencontré sur mon chemin,
Des gens qui changent de visage,
Comme on change de vêtement :
S'il le fallait, en un instant,
Celui-ci se faisait galant
Celui-là devenait bien sage.

FABLE XX

La Vieille et l'Amphore

(Imitée de Phèdre)

Une vieille trouva, sur sa route une amphore ;
Elle était embaumée encore
De ces parfums délicieux
Qu'exhale un falerne fameux.
« Oh ! dit-elle, si cette lie
Répand une si douce odeur,
Quand cette amphore était remplie
Que devait être sa liqueur ! »

FABLE XXI

Le Pendu

Il était jadis un époux
Dont la femme était infidèle,
Point méfiant et point jaloux,
Il laissait les galants coqueter autour d'elle,
Se reposant sur sa vertu,
Quand un de ses voisins lui dit : « Ignores-tu
Ce que l'on dit de par le monde?
De cette ignorance profonde,
Il faudrait sortir aujourd'hui ;
Surveille ta femme, et dis-lui
Que tu n'entends pas raillerie
Sur le chapitre des amants,

Et que sur sa coquetterie
On jase depuis trop longtemps.
— Chansons que tout cela, voisin, ma femme est sage,
Ainsi de ce vain bavardage
Apprends que je ne croirai rien.
— Chansons! je le prouverai bien.
— Oh! oh! tu serais bien habile.
— Cela n'est pas plus difficile
Que de montrer aux gens qu'il fait clair en plein jour,
Et qu'après le printemps l'été vient à son tour.
— Eh! compère, vous voulez rire!
— Non, mon cher, vous avez beau dire
Et beau faire, c'est bien certain!
— Tu le répéterais jusqu'à demain matin
Que je ne voudrais pas le croire.
— Le gageons-nous, voisin? — C'est dit. » Voilà l'époux
Devenu sournois et jaloux.
Tantôt il se blottit dans le coin d'une armoire,
Attentif au plus petit bruit;
Tantôt dans le grenier il se glisse la nuit;
Tantôt il invente un voyage
Pour une affaire, un héritage.
Enfin notre homme en maigrissait,
Tant il allait, tant il venait,

Tant il s'était donné de peine.
Ce qu'il n'aurait pas voulu voir
Il le vit un beau jour, et puis de désespoir
Il se pendit au haut d'un chêne.

Plaint-on un époux malheureux?
N'en dites rien, sachez vous taire.
Non, non, ce n'est pas votre affaire
D'ôter l'épais bandeau qui lui couvre les yeux.
Pourquoi de vains regrets empoisonner sa vie?
En attendant qu'un sot parleur
Lui vienne un beau matin raconter son malheur,
Cachez-lui tant de perfidie!

FABLE XX

Le Peintre et le Tableau

Certain peintre fameux dans l'Italie entière,
    Peignit le lever du soleil
Sur l'île de Lesbos. Du haut d'un char vermeil,
    Le dieu répandait sa lumière,
    Et ses coursiers aux crins dorés
    Volaient dans les cieux empourprés
    Avec l'Aurore aux doigts de roses.
On y voyait aussi Vénus et Cupidon,
    Hébé, sous le char d'Apollon
    Jetait des fleurs à peine écloses ;
    Debout sur un cadran d'airain,
    Le Temps marquait la première heure ;

Et le dieu du sommeil, regagnant sa demeure,
Perdait ses pavots en chemin ;
Soufflant dans sa conque marine,
Un triton annonçait le jour
A tous les échos d'alentour ;
Un faune aux pieds fourchus réchauffait son échine
Aux rayons du soleil levant.
Tout allait bien jusqu'à présent,
Quand il représenta les ondes transparentes,
Le rivage couvert de vagues écumantes,
Vingt fois il fallut effacer,
Corriger, puis recommencer
De Thétis l'écume légère.
Il se lève enfin de colère
Et puis saisissant son pinceau
Il le jette sur son ouvrage...
O surprise ! en tombant au milieu du tableau,
Le pinceau retraça l'écume et le rivage.

La chance autant que le talent,
Fait parfois le succès de telle ou telle affaire,
Et le hasard fait bien souvent,
Ce que ne peut le savoir-faire.

FABLE XXIII

La Rose et le Papillon

Hier, une rose nouvelle,
Brillait comme un rubis dès le lever du jour;
Un papillon passa près d'elle :
« Pauvre fleur! tu vis sans amour,
Lui dit-il aussitôt, tu ne connais encore
Que les chastes baisers du jour et de l'aurore,
Et les caresses du soleil,
L'aurore aux doigts rosés est belle, je l'avoue,
Le soleil même de ta joue
Avait peur d'effacer le coloris vermeil,
Mais qu'importe, foin de la brise
Foin du ciel empourpré! foin du soleil levant!

Il te faut, ma mignonne, il te faut à présent
Un jeune amant qui te courtise. »
Puis il s'apprête à l'embrasser :
« Doucement, dit la fleur nouvelle,
Un amant comme toi n'est pas à mépriser;
L'amour a semé sur ton aile
L'or et les diamants, la pourpre et le carmin ;
Ton beau corsage de satin
Est l'ouvrage de quelque fée,
Et sur ta poitrine nacrée,
Chaque objet que tu vois se reflète à son tour.
Aux champs, aux bois, chacun te fête,
Petit roi des pieds à la tête,
On te trouve partout aussi beau que le jour.
Mais dis-moi, seras-tu fidèle?
Quand la luciole étincelle
Auprès du sombre carrefour,
T'en iras-tu faire ta cour
Aux clochettes des bois et tromper ton épouse?
Oh! dis-le-moi, je suis jalouse,
Et j'en périrais de dépit. »
Le papillon lui répondit :
« Crois-moi, des amoureux je serai le modèle,
Si le vent souffle dans la nuit

Je te couvrirai de mon aile,
Arachné dans ton sein ne fera pas son nid,
Et n'attachera pas les réseaux de ses toiles
Sur ta corolle ouverte aux clartés des étoiles.
Le lutin qui rôde le soir
En frappant chaque fleur du bout de sa baguette,
O ma rose, en passant ne pourra pas te voir !
Quand le soleil d'été fanera la coudrette,
De quelques gouttes d'eau tombée en gerbes d'or
Je saurai te rendre la vie,
Et si tu meurs, fidèle encor,
Fidèle à l'amour de ma mie,
Je veux mourir aussi. » La fleur à ce discours
Embrasse son époux, et toute la journée
On vit danser près d'eux la bande des Amours.
Un petit roitelet chanta leur hyménée.

. . . .

La jeune épouse ce matin
Penchait au bord du bois sa tige languissante ;
Ses beaux pétales d'or arrachés de son sein
Voltigeaient dans l herbe mouillée ;
La pauvrette, à peine éveillée,
Près d'elle appela son mari ;
Mais l'infidèle était parti

Courir les bois, courir la plaine
Et courtiser la marjolaine;
Il avait trouvé dans un pré
Une clochette plus jolie,
Et son épouse a tant pleuré
Qu'elle est morte de jalousie.

Maintenant, croyez aux serments,
Des papillons et des amants!

FABLE XXIV

Le Berger et les Prêtres de Jupiter

Jadis un berger d'Arcadie
Avait sa femme en mal d'enfant :
« O Jupiter, je t'en supplie,
Disait-il, dieu bon, dieu clément,
Donne à mon enfant la sagesse,
La grâce, la vertu, la force, la beauté,
Et la prudence, et la richesse ! »
Et puis l'oracle est consulté.
« Contre toi dès longtemps le ciel est en colère,
Répondit l'oracle aussitôt,
Et ton enfant naîtra bossu, borgne, idiot.
— Pour l'apaiser, que faut-il faire ?

— Égorger un bélier et le porter demain
Devant le temple de Jupin. »
Le pâtre à cet ordre docile,
Dans son zèle en immole deux.
Il lui naît une fille. « Est-ce bien difficile
D'être servi selon ses vœux !
S'écria-t-il ; Dieu sourd, c'est un fils que je veux,
Quand me seras-tu favorable ? »
Elle meurt, de nouveau l'oracle est consulté ;
Alors le dieu répond qu'il lui faut pour sa table
Un agneau gros et gras. Notre homme transporté
De trouver Jupiter d'humeur si bienveillante
Prend au milieu de son troupeau
Le plus gras, le plus bel agneau
Qu'on ait jamais trouvé dans la race bêlante.
Quelques jours après, le berger
Vit avec désespoir son plus beau pâturage,
Son champ, sa vigne, son verger,
Ravagés par la grêle et couchés par l'orage :
« Eh quoi ! dit-il, l'Olympe est encore en courroux !
Dieu cruel, que veux-tu de nous ? »
L'oracle lui répond, par la voix du grand prêtre :
« Immole encor, le ciel s'apaisera... peut-être.
— Des moutons ! toujours des moutons !

La peste soit des dieux gloutons !
Par le Styx ! dans une semaine
J'ai perdu la moitié de mes bêtes à laine
Et le dieu n'est pas satisfait !
Faut-il donc que mon bien s'en aille tout à fait ? »
Puis il jure puis il s'emporte
Puis du temple il ouvre la porte.
Les prêtres de Jupin, ô spectacle étonnant !
Croquaient à belles dents les victimes fumantes.
« Ah ! ah ! je vous y prends, messieurs les sycophantes !
S'écria le pâtre en entrant,
Belle leçon, je vous l'assure ;
Votre dieu n'aura plus le sang de mes brebis,
Qu'il menace, tonne ou murmure
C'est le dernier de mes soucis ! »

Voyez quelle erreur est la nôtre,
Nous prenons pour le vrai ce qui n'est qu'un vain jeu,
Quelquefois on croit servir Dieu,
Et l'on ne sert que son apôtre.

FABLE XXV

L'Ame et le Corps

L'âme et le corps d'un roi d'Ithaque,
Vinrent amenés par Caron
Dans le royaume de Pluton.
Radamante, Minos, Æaque
Consultent le livre des lois
Et ceux où sont inscrits tous les actes des rois.
Le monarque était sur la terre
Ingrat, injuste et sanguinaire,
Orgueilleux, jaloux, emporté :
Un vrai monstre d'impiété.
Minos vous l'envoie au plus vite
Dans le séjour maudit où coulent le Cocyte,

Le Styx impur et le Léthé.
Mais l'âme dit au corps : « C'est ta faute, perfide!
Est-ce moi qui portais le poignard homicide?
Est-ce moi qui versais le vin empoisonné?
Est-ce moi qui pillais le prêtre assassiné? »
Le corps lui répondit : « O fille sans mémoire!
A ton caprice, à ton plaisir
Il me fallait bien obéir.
Tu commandais, pouvais-je croire
Que tes ordres impérieux,
Seraient un jour punis des dieux? »
Minos leur dit dans sa justice :
« L'âme du corps est la complice,
Je condamne l'âme et le corps;
Vous descendrez tous deux au royaume des morts. »

Ainsi quand on conduit chez un juge équitable
Un couple de larrons fameux,
Il ne recherche pas quel est le plus coupable,
Il les condamne tous les deux.

FABLE XXVI

Le valet de Dorante

Le valet de Dorante étant à la campagne
Et seul dans le logis s'enivra de champagne ;
        Son maître revint au château
Au moment où le drôle assis sur un tonneau
Ronflait, tenant encor son verre et sa bouteille.
« Ah ! je t'y prends, maraud ! et puis il le réveille ;
Va, tu seras battu ! — Pourquoi ? fit le valet,
        Monseigneur m'a dit qu'il fallait
Le prendre pour exemple, et si j'ai souvenance,
Hier il était gris, je le suis aujourd'hui,

Voilà la seule différence :
J'imite mon modèle en buvant comme lui.
— Ah ! dit Dorante au valet ivre,
Qu'un exemple fâcheux est donc facile à suivre ! »

Grandes dames, hommes de cour,
Qu'aux honneurs la fortune appelle,
Vous tous que l'on prend pour modèle,
Ne paraissez jamais que sous le plus beau jour.

FABLE XXVII

La Coquette

Une coquette raffinée,
Étant un jour dans un festin,
Prêtait l'oreille à son voisin,
Causait, ne mangeait pas, faisait la rechignée
A tous les mets que l'on passait;
Et savez-vous quels mets la belle refusait?
Ortolans et poularde fine,
Beaux pâtés de gibier et poissons excellents,
Que mes lecteurs, je l'imagine,
Déjà, dans leur esprit, croquent à belles dents.
Servait-on par hasard une caille dodue,
« Ah! fi! cela fait mal au cœur;
Laquais! ôtez-moi de la vue
Cette chair trop saignante; » et puis c'était l'odeur,

Le goût, puis c'était autre chose,
Quand sur un beau plat d'or elle se fait servir
Quelques fleurs d'oranger, quelques feuilles de rose,
Que pendant le repas elle daigna sentir,
Notre coquette fit merveilles,
Courtisans d'applaudir et de la comparer
Aux nymphes, aux dieux, aux abeilles
Qui sucent une fleur sans même l'effleurer.
L'encens ne nourrit pas les dieux de cette terre;
La faim lui vint en attendant
Et vous la pressa tellement
Qu'il fallut bien se laisser faire
Et manger, comme une autre, une aile de perdrix.
Alors, le maître du logis :

On a beau dire, on a beau faire,
Nul ne peut ici-bas, tromper ses appétits,
Ou messire Gaster vous déclare la guerre.
Il sera le plus fort, je vous en avertis :
Dame nature est prosaïque,
La cruelle qu'elle est, nous le fait bien sentir :
A toute heure, en tous lieux, il nous faut, sans réplique,
Ou la satisfaire, ou mourir.

FABLE XXVIII

Lisette et maître Perrin Dandin

Maître Perrin Dandin devait juger Lisette,
    Coupable d'un petit larcin.
    Celle-ci lui vint un matin,
Afin de le gagner apporter en cachette
Un couple de canards, trois poulets, un lapin.
    « Emportez-moi cela, fillette!
    S'écria d'abord en courroux,
Le suppôt de Thémis, la belle y pensez-vous ?
Et qu'en dirait le monde? — On sera bien discrète,
    Je vous le jure sur ma foi.
— Vrai ! tu n'en diras rien? ah ! c'est une autre affaire,
    Donne-moi vite, donne-moi

Cette provende, ma commère, »
Dit le juge en changeant de ton.

C'est la peur du qu'en dira-t-on,
Qui la plupart du temps nous retient de mal faire.

FABLE XXIX

La Fortune et le Laboureur

Un pauvre laboureur immolait chaque soir
Une génisse à la Fortune,
Si bien qu'en son étable, il n'en resta pas une
Au bout de quelques jours. Un ami vint le voir
Et lui dit : « Pauvre sot ! il n'est point de prière,
Il n'est point de génisse immolée à grand frais
Qui puisse t'amener la fortune jamais.
La déesse n'écoute guère
Que son caprice et le hasard
Qui la mène à sa fantaisie.
Sois donc plus sage, je t'en prie,
Elle viendra peut-être. » Et cela dit, il part.

L'autre de s'écrier : « Madame la déesse,
Croyez-vous que je vais vous exhorter sans cesse
Et perdre avec vous tout mon temps?
Suis-je fait pour tous vos caprices?
Non non, vous n'aurez plus le sang de mes génisses,
Plus de prières, plus d'encens,
Fuyez ou frappez à ma porte,
Riez ou pleurez, peu m'importe! »
Puis il perdit deux jours après
Un vieux parent millionnaire,
Qui lui laissa ses biens, ses châteaux, ses forêts,
En un mot, sa fortune entière.

Ce ne sont pas toujours les plus chauds courtisans
Qui sont le plus chéris des belles.
On voit souvent les infidèles,
Chasser les amoureux constants.
Dame nature est ainsi faite,
Croyez-moi, c'est une coquette,
Vous le reconnaîtrez bientôt,
Elle s'enfuit quand on l'appelle;
Si vous la suppliez, elle fait la cruelle,
Mais si vous la fuyez, elle accourt au galop!

FABLE XXX

La Paille et le Foin

Maître Pierre étant en campagne,
Fit reposer son bourriquet
Dans une auberge, au haut d'une grande montagne.
Il était nuit, notre homme attacha le baudet,
De ses naseaux fumants enleva la poussière,
Vous lui mit sous le ventre une bonne litière,
Et jeta dans son râtelier
De la paille et du foin : « Sans vous faire prier,
Ane, mon bel ami, mangez votre pitance,
Vous le savez, avant le jour,
Il vous faudra franchir une longue distance;
Broutez bien jusqu'à mon retour. »
Il part, et le grison de se dire à lui-même :
« De la paille ou du foin, que devons-nous choisir ? »
Le cas est assez grave il faut en convenir,

Et dans un embarras extrême,
Sire Baudet comme un gourmand
Flaire de ci, de là, puis vous met sous la dent
Après cette cérémonie,
Un peu de paille, un peu de foin.
Pourquoi tant de façons, et qu'avez-vous besoin
De tâtonner ainsi ? Quittez-moi, je vous prie,
Ces allures de grand seigneur,
Et ces beaux airs de petit-maître.
Mangez, je vous attends, vous me prenez peut-être,
Seigneur Aliboron, pour votre serviteur.
L'animal n'en fait qu'à sa tête,
Il hésite encore, il s'arrête :
De la paille ou du foin, que devons-nous choisir ?
Et le maître de revenir :
« Par saint Jacques ! vous voulez rire ;
Dites, qu'avez-vous fait depuis le temps, messire ?
Toutes ces façons-là me lassent à la fin ;
Sortez, il faut, à jeun, vous remettre en chemin,
Et souvenez-vous, je vous prie,
Qu'il faut savoir en cette vie,
Prendre un parti, sachez-le bien ;
Trop méditer ne mène à rien. »

FABLE XXXI

L'Araignée et le Papillon

Un papillon, au corps fluet,
Se rendit, en passant auprès d'une croisée,
Dans l'ouvrage d'une araignée ;
La fileuse accourut : aussitôt le pauvret
Se débattit en vain sous sa dent meurtrière,
Puis il lui dit à sa manière :
« Épargne-moi, dois-je mourir,
Quand le soleil vient de m'ouvrir
Le voile où frissonnait mon aile vagabonde,
Lorsque la lumière m'inonde,
Et que dans le ciel azuré
Je m'élance, l'âme ravie,

Le corps, d'habits nouveaux paré?
Délivre-moi, rends-moi la vie,
La liberté, l'air et les cieux;
Hâte-toi, refais tous les nœuds,
Rattache le tissu trop tendre
Qu'a déchiré mon aile, et je te le prédis,
Quelques moucherons étourdis,
Avant ce soir, viendront s'y rendre!
— Eh! mon ami, puis-je savoir,
Lui repartit notre araignée,
Ce que le temps, la destinée,
Me réservent avant ce soir?
Tout, hélas, tout ici nous déclare la guerre,
Et les balais, et les plumeaux,
Et les enfants, et les oiseaux,
Et la tempête, et la poussière;
Partout on nous redoute, et pour nous héberger,
Nous ne pouvons trouver ni palais ni chaumière;
Une maudite chambrière,
D'ici, chaque matin, me force à déloger;
Le maître du logis en ouvrant sa fenêtre,
Une hirondelle au vol léger,
De ma toile, sans y songer,
Briseront la moitié peut-être.

Non, ne comptons pour rien l'espoir et l'avenir ;
Depuis plus de dix jours je guettais une proie,
Aussi te peindrai-je ma joie,
Quand de loin je t'ai vu venir.
Tête folle ! Dis-moi, que me font, je te prie,
Tes habits neufs et ta beauté ?
Hélas ! mon pauvre ami, te crois-tu regretté ?
Mais chaque fleur de la prairie,
A pour la courtiser plus de cinquante amants
Aussi coquets, aussi galants,
Aussi jolis que toi, si ce n'est davantage ;
D'ailleurs, comme on te sait volage,
Je te déclare net que tu n'es pas aimé.
Beau petit gibier parfumé
De roses et de violettes,
C'est encor trop d'avoir écouté tes sornettes ;
Tu mourras, serais-tu plus merveilleux encor,
Serais-tu la sylphide au corps d'azur et d'or,
Aurais-tu des trésors, des palais, des merveilles ! »

Ventre affamé n'a pas d'oreilles.

FABLE XXXII

Thomas et son Seigneur

Thomas vit passer un matin,
Pendant qu'il labourait la terre,
Le fils du seigneur, son voisin
Suivi d'un pédadogue à la mine sévère,
Et qui citait à tout instant,
Avec un ton de vrai pédant,
Aristote, Virgile, Homère.
« Ce précepteur ne me plaît pas,
Se dit alors maître Thomas,
Et je plains ce beau fils si joyeux d'ordinaire
D'avoir devant les yeux, du matin jusqu'au soir,
L'aspect de ce grand homme noir,

Dont le visage et la soutane
Sont gais, pour parler franchement
·Comme la porte d'un couvent.
Par pitié! ce garçon dût-il n'être qu'un âne,
N'aura pas longtemps l'air, ou je me trompe bien,
D'être un pauvre mouton sous la garde d'un chien. »
Il se remit au labourage,
Puis il courut le lendemain,
Parler au seigneur du village :
« Votre fils, seigneur châtelain,
Avait hier triste visage,
Et je pense que son chagrin,
Lui venait de ce personnage
Qui lui parlait grec et latin.
Ah! le pauvre garçon! pourquoi de sa jeunesse
Arrêter la première ardeur?
Qu'a-t-il besoin d'un précepteur
Qui lui ferme la bouche et le gronde sans cesse?
Qu'il sache courir et danser,
Chanter, aimer, boire et chasser,
Pour être seigneur de village,
Au temps où nous vivons, en faut-il davantage?
— Maître Thomas fait le savant,
Dit le seigneur, en lui donnant

Un petit soufflet sur la joue :
Cet homme à l'habit noir n'est pas gai, je l'avoue,
Mais bien mieux que tout autre il sait de mon enfant
Brider le naturel ardent,
Et c'est grand bien, je te le jure ;
Car entre nous, sous le soleil,
Il n'est pas de lutin à ce garçon pareil :
Le reprend-on, monsieur murmure,
Et pendant quatre jours, il fait dans la maison
Un vacarme de vrai démon.
S'en va-t-il seul aux champs dans le temps de la chasse,
Il bat les valets du fermier,
Boit le meilleur vin du cellier,
Cache des fruits volés au fond de sa besace,
Grise l'un, grise l'autre, embrasse sans façon
La servante de la maison,
Puis les procès viennent ensuite ;
Si bien que j'ai juré que ce fripon d'enfant
Serait d'un pédagogue escorté maintenant,
Et que j'aurais ainsi raison de sa conduite.
— Mais pour des fruits volés, pour quelques baisers pris,
Faut-il pas au couvent enfermer votre fils ?
Et que diantre, après tout, je le trouve dans l'âge
Où la nature veut que l'on ne soit pas sage.

Tous ces gens-là sont fous ; il leur fit, monseigneur,
En les battant bien trop d'honneur.
Quoi ! pour la moindre peccadille
Je verrai tancer ce garçon,
Ainsi qu'on ferait d'une fille,
Que ne lui mettez-vous tout de suite un jupon? »
Et le seigneur se mit à rire :
« Tu parles d'or, en vérité,
Eh bien soit, je ferai selon ta volonté,
Je suis vaincu, manant, je n'ai plus rien à dire. »
Le laboureur s'en fut, et dès le lendemain,
L'homme noir quitta son élève.
Quand une nuit Thomas entend dans son jardin,
Marcher à petit bruit; aussitôt il se lève,
Caché dans l'ombre, il reconnaît
Le fils du châtelain qui cueillait, emportait
Ses raisins les plus mûrs, ses pêches les plus belles.
« Saint Jacques ! fit le laboureur,
Ce drôle aura de mes nouvelles. »
Puis il court chez le maraudeur
Il frappe, il entre, il jure, il crie :
« Ah ! monseigneur ! je vous en prie,
Renfermez votre fils ou rendez-lui bientôt
Un précepteur qui le surveille,

Car il n'est rat, il n'est mulot,
Qui soit autant que lui dangereux pour ma treille.
— Ah ah ! monsieur le beau parleur,
Lui dit doucement le seigneur,
Nous sommes de notre nature
Aux maux de nos pareils assez indifférents ;
Mais, qu'on nous fasse une piqûre,
Nous nous en irritons autant que d'une injure,
Et nous faisons chorus avec les mécontents. »

FABLE XXXIII

Le Renard patelin

Un vieux Renard des plus matois
Rencontra sur le bord d'un bois
Certaine poulette innocente
Grasse comme on n'en vit jamais,
Qui cherchait un abri sous le feuillage épais.
Le drôle eut volontiers croqué cette imprudente,
Mais ses cris pouvaient avertir
Un gros mâtin du voisinage
Dont l'aspect le faisait frémir.
Il jugea qu'il était plus sage
D'attirer sa victime au plus fourré du bois:
Il l'aborde humblement, lui fait une courbette,

Sous un ton patelin cache sa grosse voix ;
Comme il allait pleuvoir, il offre à la pauvrette
De l'abriter sous son manteau
Et de la conduire au hameau.
Après quelque cérémonie,
Quelque semblant de pruderie,
La poulette y consent, et les voilà partis
En se donnant la main comme de vieux amis.
Chemin faisant, notre compère
Lui cueillit quelques fleurs afin de la distraire
Et lui fit force compliments
Sur son embonpoint admirable,
Sur sa naissance, ses talents,
Et sur sa tournure adorable :
Compliments dont la pauvre enfant
Se défendit en rougissant.
Il l'emmena dans une allée
Toute couverte de feuillée
Que de grands pins entrelacés,
Des rochers, des troncs renversés
A tous regards humains rendaient impénétrable.
Jugeant le moment favorable
Il jette son manteau, la saisit en riant
Et vous la croque en un instant.

Plus vous verrez quelqu'un faire la chattemitte
Plus vous devrez penser que c'est un hypocrite,
Courtisans et flatteurs, dites-moi, s'il vous plaît,
Qui de vous est galant sans un peu d'intérêt ?

FABLE XXXIV

Le Chat et le Mulot

Un chat des plus sournois faisait si bien la guerre,
Que la gent des souris, tremblant au moindre bruit,
N'osait plus, en plein jour, sortir de sa tanière ;
    Et ne grignotait que la nuit,
    Lorsque la bête scélérate,
Sur le toit du grenier, courait avec sa chatte.
    Rominagrobis, un beau jour,
    Grâce au succès d'un nouveau tour,
    Parmi ce peuple misérable,
    Se fit passer pour un vrai diable.
    Il va se rouler dans un sac,
Fait le mort en un coin. Et le croyant farine,

Les souris, sans effroi, montent sur son échine ;
Elles viennent en foule; il se relève, et crac,
Il saisit les plus paresseuses :
« Je vous tiens, petites peureuses!
S'écria-t-il en les croquant,
Vous viendrez toutes ; » et content
Il court s'enfariner, puis revient de plus belle
Se blottir dans le même coin.
« Eh! c'est toujours même ficelle,
Mon beau minet, lui dit de loin
Un vieux mulot ; tout homme habile
A plus d'un tour dans son bissac,
On sait bien que tu n'es pas sac.
Si toutes les souris, gent railleuse et subtile,
Ne te prennent pour un bênet,
Je veux y perdre mon bonnet !
Passe encor pour un chat qui sort de son collége ;
Mais toi, qui connais ton métier,
Tu devrais savoir, vieux routier :

Qu'on ne prend pas deux fois les gens au même piége ! »

FABLE XXXV

Le Merle et le Rossignol

Un rossignol, mourant de faim,
S'en alla frapper un matin
Chez un merle du voisinage.
« Cousin, j'arrive de voyage,
Il me faudrait en ce moment
Quatre mesures de froment ;
Ma caisse est un peu dégarnie,
Piles d'or et d'argent ne s'y rencontrent plus,
Mais après mes concerts, de beaux et bons écus
Tu la verras vite remplie.
J'ai des airs nouveaux et charmants
Pour les rêveurs et les amants,

Vantés dans l'Italie entière ;
Ils vous plairont, j'en ai l'espoir.
— Je consens, lui dit l'oiseau noir,
A t'aider, mon pauvre confrère,
Mais tu me rendras cet été
Le grain que je t'aurai prêté.
— Je le jure. » Et dans la soirée,
Philomèle reçut le blé.
Le printemps s'étant écoulé,
Les foins faits, la moisson rentrée,
Le merle un beau jour prit son vol
Et s'en fut chez le rossignol :
« Eh bien, beau troubadour ! amant de la nature !
Chanteur à la voix fraîche et pure !
Nous sommes riches maintenant,
Ta grange est pleine, j'imagine?
Enfin, pour parler clairement
Quand me rendras-tu ma farine ? »
L'autre lui dit tranquillement :
« Je n'ai rien dans mon escarcelle,
Ma femme en mal d'enfant, ma famille nouvelle,
Ont dépensé tout mon comptant.
Je te rendrai ton grain vers la saison prochaine ;
Travailleuses et gens de peine

Sont rares à trouver dans le temps des moissons ;
Malgré mes soins, malgré mon zèle,
Mes blés sont encore en javelle. »
Le merle répondit : « C'est bien, nous reviendrons. »
Puis il revint quand le feuillage
Tombe au souffle de l'aquilon.
« Ah ! c'est toi, lui dit sans façon
Le rossignol, tout prêt à se mettre en voyage,
Flûte et hautbois sont emballés ;
Craignant les premiers froids d'automne,
Tous mes enfants sont envolés.
Le temps est beau, la brise est bonne !
Ah ! tu prends bien ton temps, vraiment,
De me parler de ton froment.
Parbleu ! te voilà bien malade,
Quand tu devrais nourrir pendant tout un été
Un chanteur de ma qualité ! »
Puis il lui fit une roulade.

C'est pour vous que j'écris, fameux musiciens,
Beaux ténors d'opéra, chanteurs italiens,
Vous qui, pauvres d'argent, mais riches d'espérance,
Payez vos créanciers... avec une romance !

FABLE XXXVI

La Servante de Frère Étienne

Jadis le prieur d'un couvent
Appelé, je crois, frère Étienne,
Aussi frais qu'Épicure, aussi gras que Silène,
Joyeux compère et bon vivant,
Envoya sœur Anne au village
Lui chercher un panier de fruits,
Qu'une veuve de haut parage,
Afin de racheter péchés grands et petits,
Avait offert au monastère.
La servante aussitôt, sur les ordres du frère,
Part et s'en revient au couvent,
Rapportant des fraises vermeilles

Dont elle admire en cheminant
La forme, la beauté, la fraîcheur sans pareilles.
Puis elle y touche innocemment,
Puis Satan lui crie aux oreilles :
« Mange ! ce fruit délicieux
Flattera ton palais comme il charme tes yeux.
— Un de plus ou de moins, dit-elle,
Sur mon âme, c'est bagatelle !
Qui me prouverait maintenant
Que cette fraise-là qui croque sous ma dent
Faisait nombre dans la corbeille,
Serait habile, assurément. »
Et le démon qui la conseille
Lui dit : « Mange ! » plus de cent fois,
Et plus de cent fois, la servante,
Trop faible et trop obéissante,
Cède, sans y songer, à la fatale voix.
Quand elle fut au monastère,
Le panier était vide, et tout joyeux le frère :
« Voyons ces beaux fruits, mon enfant,
S'écria-t-il en les cherchant
Avec un œil de convoitise,
Que béni soit le ciel qui les a fait mûrir ! »
Sœur Anne d'hésiter, de pleurer, de rougir,

De confesser sa gourmandise
Et de tomber à ses genoux.
« Le diable, lui dit-il, est plus puissant que nous;
On est perdu dès qu'on l'écoute,
Et le sentier du mal est si charmant, hélas !
Que quiconque y fait un seul pas,
Ne peut plus s'arrêter en route. »

FABLE XXXVII

Les deux Chevaux

Né pour la guerre et le tournoi
Et ramené d'Andalousie,
Le cheval favori d'un roi,
D'un pré tondait l'herbe fleurie,
Quand le bidet d'un jardinier
Vint sans plus de cérémonie,
Brouter auprès du destrier
Et se vautrer dans la prairie.
L'autre accourut en lui criant :
« Holà ! qu'on déloge à l'instant,
Paissez plus loin, mon camarade !
Pouvez-vous l'ignorer? tous ces prés sont à moi

Comme Versailles est au roi. »
Le bidet peu courtois lui lance une ruade.
La guerre est déclarée, aussitôt l'Andalous
S'élance sur le porte-choux,
Qui va rouler dans la poussière.
Celui-ci se relève, et les deux combattants,
Furieux, blessés, écumants,
Enlaçant leur poitrail, leur tête et leur crinière
Se dressent sur leurs pieds et luttent corps à corps ;
Le destrier fléchit, son rival le terrasse,
Et redoublant d'ardeur de courage et d'efforts,
Raide mort étendu le laisse sur la place.

On a vu plus d'un roturier
Occir son suzerain dans un jour de bataille.
Pour frapper d'estoc et de taille
Souvent bras de manant vaut bras de chevalier.

FABLE XXXVIII

La Belette et le Lapin

Une belette, un beau matin,
Alla se confesser près de Jeannot lapin.
Craignant sans doute la rosée,
La dame était en jupons courts,
De bons souliers s'était chaussée,
Et portait sur l'épaule un manteau de velours.
Le lapin, vivant loin du monde,
Aimait à lire, à méditer ;
C'était un petit saint, d'une lieue à la ronde
Pécheurs venaient le consulter,
Pécheresses surtout le visitaient en foule :
« Monseigneur, j'entendis votre dernier sermon,

Où vous parlates du démon
A nous donner la chair de poule :
Peste! vous prêchez joliment,
Je n'ai jamais ouï rien de plus éloquent,
J'en revins toute convertie.
— Bien, répondit l'homme de Dieu,
Ma fille, des péchés de toute votre vie
Vous allez me faire l'aveu. »
Aussitôt la belette, en bonne pénitente,
S'agenouille au pied d'un sapin,
Et de l'autre côté, maître Jeannot lapin
L'oreille au tronc collée, entend par une fente
Les mots suivants : « Hélas! je fus plus d'une fois
A mon cher époux infidèle,
Pendant qu'il chassait dans les bois
Un amant près de moi, montait par une échelle,
Je m'en repens à deux genoux.
— Ce n'est pas un péché, ma fille,
Qui vous puisse du ciel attirer le courroux,
C'est une simple peccadille,
Passée en usage, d'ailleurs
Rien n'est si commun; les pécheurs,
Ne prennent même plus la peine de la dire. »
La dame se mit à sourire,

« J'égorgeai bien souvent poussins, canards, dindons,
Cailleteaux, perdreaux et chapons,
Mésange sur ses œufs, linot dans sa volière,
Que j'emportais dans ma tanière.
Enfin, j'allai chaque matin,
Pour mon premier repas, égorger un lapin.
— Un lapin ! Juste ciel ! quel crime impardonnable !
Non, je n'en connais pas de plus épouvantable.
Qui pourrait assez le punir !...
Il faut vous signaler par un prompt repentir,
Il faut, pendant deux jours, vous mettre à l'abstinence.
— J'étais loin de m'attendre à cette pénitence.
— Manger un petit fruit, et boire un peu de lait.
— Eh quoi ! voulez-vous donc m'affamer tout à fait,
Mon père, y pensez-vous ?... une seule noisette
Faire le déjeuner d'une jeune belette ;
On se rirait de moi ! » L'autre de s'irriter
Et de la menacer des foudres de l'Église,
D'exorciser, de débiter
Un discours sur la gourmandise,
L'obéissance, le démon,
La tempérance et le carême.
Dame belette, sans façon,
Croqua le confesseur lui-même,

Pour couper court à son sermon.

Je connais certains personnages,
Remplis de zèle pour le bien,
Tant qu'il ne leur en coûte rien ;
Faut-il faire en un an quelques pèlerinages,
Jeuner et débourser ; adieu tout leur beau feu !
Petite peine les arrête ;
Et tel se dit dévot, qui, même pour son dieu,
Hésite à s'arracher un cheveu de la tête.

FABLE XXXIX

Les Deux Maris

Certaine fille entre deux âges
Épousa par malheur un garçon de quinze ans.
S'il faut croire les bavardages
Et les propos des médisants,
Elle n'était pas fortunée,
Et maudissait souvent le jour
Où pour se divertir le petit dieu d'amour
L'attacha pour jamais au char de l'hyménée.
L'époux, jeune, aimable et bien fait,
Papillonnait, courait, brûlait et soupirait
Pour tous les beaux minois ; et partant son épouse,
D'humeur soupçonneuse et jalouse,

Tempêtait, grondait et frappait
L'infidèle qui promettait
D'être sage, et courait coqueter de plus belle,
Narguant les coups et la querelle
Qu'on lui réservait en rentrant;
Quand la fièvre un matin le prend
Et vous l'envoie en Purgatoire,
Où vont, si j'ai bonne mémoire,
Les petits pécheurs d'ici-bas.
Notre veuve se désespère,
Puis elle pousse des hélas.
« Adieu, cœur sans égal, adieu, tête si chère! »
Mais ces soupirs, sachez-le bien,
Et ces beaux regrets-là ne prouvent souvent rien.
En présence du monde, on fait la désolée,
On sanglote, on gémit, on se lamente, on dit
Qu'on ne peut être consolée
D'un malheur si cuisant. Quand on est seule, on rit,
On chante, on danse, on remercie
Le ciel d'avoir brisé des liens détestés.
Cilice et voiles noirs sont aux flammes jetés,
Et pendant près d'un mois la même comédie.
Au bout de quelque temps, elle épouse un barbon.
Celui-là du moins, se dit-elle,

Ne sera pas léger, libertin, infidèle,
Ou je me trompe bien ; son âge et sa raison
En sont un sûr garant. C'était une sottise,
Car cet époux à barbe grise,
Paralysé, grognon, cacochyme, impotent,
Laissait à désirer sur un point important.
Dirai-je la langueur, les regrets de la belle
Et son dépit et sa pâleur.
Les jeux, les ris et le bonheur
S'étaient envolés de chez elle ;
Et sur son sot hymen, fillettes et garçons
(Cet âge est si cruel) avaient fait des chansons.
Puis un beau jour, une commère
Lui cria : « C'est bien fait, ma chère,
Il vous fallait prendre un époux
Entre deux âges comme vous,
Ni trop grave, ni trop aimable,
Ni trop froid, ni trop plein de feu,
C'eût été bien plus raisonnable. »

Il faut savoir en tout suivre un juste milieu.

FABLE XL

Les Archéologues

Deux Archéologues fameux
Trouvèrent dans un chemin creux
Certain morceau de fer tout rouillé par la pluie
Et recourbé, l'un d'eux s'écrie :
« C'est peut-être la clef du temple d'Apollon. »
L'autre : « C'est un pommeau du temps de Charlemagne.
— De Dagobert c'est l'éperon.
— Voyez donc, c'est l'écu d'une reine d'Espagne.
— C'est l'étrier d'un preux. — Non pas, c'est le cimier.
— Si c'était un des clous de la chaise curule ?
— Et parbleu non, dit un meunier,
Fous qui cherchez si loin... c'est le fer de ma mule ! »

Peuple français, peuple crédule,
Que de vieux meubles, de tableaux,
De dépouilles et d'oripeaux,
De coquillages et de pierres,
Soigneusement classés dans quelque cabinet,
Tu respectes et tu vénères,
Qui ne valent pas plus que le fer d'un baudet !

FIN

Paris. — Imprimerie de la Librairie Nouvelle, A. Bourdilliat, 15, rue Breda.

TABLE

7

www.ingramcontent.com/pod-product-compliance
Ingram Content Group UK Ltd.
Pitfield, Milton Keynes, MK11 3LW, UK
UKHW020241220726
13923UKWH00002B/767